Bernard Friot • Gek Tessaro
Io sono un cavallo

© 2015 Editrice Il Castoro Srl
viale Andrea Doria 7 - 20124 - Milano
info@castoro-on-line.it
www.castoro-on-line.it

ISBN 978-88-8033-836-9

Finito di stampare nel mese di settembre 2015
presso Svetprint, d.o.o. Slovenia

Bernard Friot e Gek Tessaro

IO SONO UN CAVALLO

il castoro

Non ce la faceva più.
Il cammello non ce la faceva proprio più. Ripetere ogni giorno per tre volte
lo stesso esercizio. Sempre con lo stesso leone, senza cambiare mai.
Era noiosissimo.

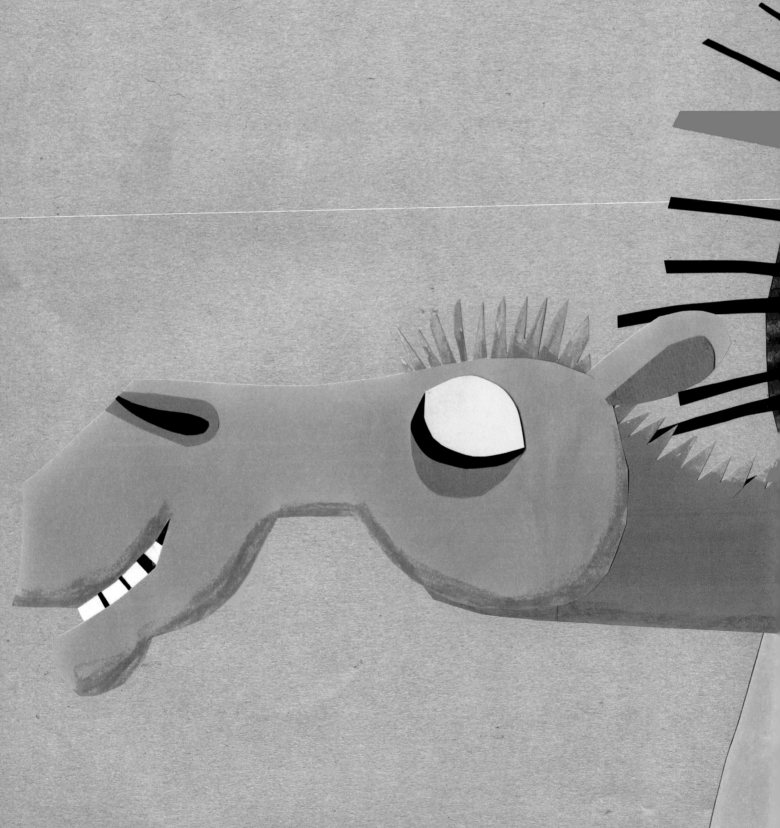

Allora, un bel giorno, il cammello lasciò il circo.
«Voglio cambiare vita», si disse.

Andò in città. All'incrocio di una strada
vide un semaforo blu.
«Questo è un buon segno», pensò.
Attraversò. Dall'altra parte della strada c'era
il Comune, e sulla porta c'era un annuncio:
«Cercasi una guardia e un cavallo per sorvegliare
i parchi comunali. Rivolgersi all'ufficio Parchi e Giardini».
«È perfetto per me», pensò il cammello. «Ho sempre
desiderato essere un cavallo.»

L'impiegato dell'ufficio Parchi e Giardini era miope come una talpa. Quando il cammello si presentò, disse semplicemente:
«Lei è interessato? Benissimo. Ma deve sapere che non è un lavoro dove si guadagna molto».
Felicissimo di aver trovato un impiego, il cammello fece spallucce, anzi, "gobbucce", e l'impiegato gli consegnò un cartellino.
«Vada nella stalla», gli disse poi. «Devo ancora assumere una guardia. Non appena l'avrò trovata, potrete iniziare a lavorare.»

Il cammello andò nella stalla. Qualche ora dopo fece il suo ingresso
un tipo con un grande berretto e gli stivali.
«Scusi il disturbo», disse con voce strozzata, «sto cercando il mio cavallo,
qualcuno l'ha visto?».

«Sono io, in persona!», rispose il cammello.
La guardia, stupita, lo fissò da sotto la visiera.
«Ah, tu saresti un cavallo?»
«Certo», disse il cammello. «Ho quattro zampe, come un cavallo. Gli zoccoli,
come un cavallo. Due orecchie, come un cavallo. Le narici, come un cavallo.
Una coda, come un cavallo…»

«Va bene, d'accordo», rispose la guardia, «ma non sapevo che i cavalli avessero due gobbe sulla schiena…».
«Due gobbe? Ah sì, dimenticavo… Il fatto è che sono passato sotto una palma da cocco e due noci di cocco mi sono cadute addosso… ahi, che male! È così che mi sono spuntate le due gobbe. Ma mi passeranno, sicuramente…»

«Inoltre i cavalli hanno il muso molto più lungo…»
«Un giorno sono scivolato su una lastra di ghiaccio
e sono andato a schiantarmi contro un muro spesso.
Da allora, il mio muso si è un poco accorciato.»

«Perfetto, perfetto», disse la guardia. «Sei proprio un cavallo.»

«E ho bisogno di un lavoro», sospirò il cammello.

«Anch'io», sussurrò la guardia.

E sollevò il berretto.

«E tu saresti una guardia?», chiese il cammello spalancando gli occhi.

«Certamente!», rispose la guardia. «Ho gli stivali, l'uniforme, il berretto, sono proprio una bella guardia…»

«Al lavoro allora!», disse il cammello.
«Sì, al lavoro!», disse la guardia.

Il cammello e la guardia devono controllare che le persone rispettino le regole del parco. Le regole, tutte le regole, nient'altro che le regole.

«Non è vietato fare il bagno!»

«Non è vietato arrampicarsi sugli alberi!»

«Non è vietato camminare sull'erba!»

«Non è vietato sognare!»
«E io sono un cavallo!»